I0730631

JACQUES

LE BUCHERON.

—

IN-12 6ᵉ SÉRIE.

JACQUES

LE BUCHERON

Par le Papa Bronner.

LIMOGES

EUGÈNE ARDANT ET Cie, ÉDITEURS.

JACQUES LE BUCHERON.

Jacques était fils d'un bûcheron. Il habitait avec sa mère une chétive cabane; jeune et pauvre, il n'avait pour soutenir l'auteur de ses jours qu'une cognée qu'il tenait de son père; mais le désir qu'il avait de rendre sa mère heureuse lui donnait des forces bien au-dessus de son âge.

Un jour que Jacques était allé abattre du bois dans la forêt, et que, pour en faire une plus ample provision, il s'était éloigné des autres bûcherons, il crut entendre le bruit d'une chaîne que l'on secouait avec force.

Il chercha tout autour de lui, et aperçut bientôt une chèvre blanche comme la neige, qui se trouvait retenue sur un rocher aride. « Voilà qui est bien surprenant, se dit-il ; je ne croyais pas que cet endroit fût habité. Qui donc peut avoir eu la cruauté d'attacher ainsi cette bête, dans un lieu où elle doit infailliblement périr de faim? »

Jacques, cédant alors à un mouvement de compassion, gravit le rocher, après avoir cueilli de l'herbe et des feuilles pour les porter à la chèvre.

Il trouva la pauvre bête dans un état de maigreur effrayant ; elle avait le cou tout meurtri par les efforts qu'elle avait faits pour briser la chaîne qui l'attachait à un piquet de fer.

Le jeune bûcheron était tout chagrin de voir une aussi jolie bête maltraitée de la sorte. Il cherchait à la débarrasser de ses liens, mais il n'y pouvait parvenir.

Tant qu'il était aux expédients, la chèvre vient le caresser, place ensuite d'elle-même sa tête près du piquet, de façon que sa chaîne se trouvait poser par terre, entre elle et ce piquet.

— Pour le coup, s'écria Jacques, cette bête-là a plus d'esprit que moi : je n'aurais jamais songé à couper cette chaîne. Essayons donc, au risque d'ébrécher ma hache, car il ne faut jamais reculer devant une bonne action. Le maître de la chèvre me paraît d'ailleurs un méchant qui ne mérite pas qu'on ait pour lui les moindres ménagements.

Du premier coup, la chaîne est rompue et la chèvre délivrée. Jacques regarde alors sa cognée, il est tout surpris de la trouver intacte : « Allons, allons, se dit-il, il n'y a point de mal, j'en suis quitte pour la peur; retournons vite à l'ouvrage. »

Il se disposait à partir; il se retourne et cherche des yeux la chèvre.

Qu'aperçoit-il près de lui? une grande dame vêtue de blanc. Ne doutant pas que ce fût la maîtresse de sa protégée, il allait lui faire de bien humbles excuses, mais il n'en eut pas le temps.

— Jacques, lui dit aussitôt la dame, ne cherche pas plus longtemps celle dont tu fus le libérateur; elle te parle en ce moment : c'est moi.

— Quoi, Madame, c'est vous qui tout-à-l'heure...

— Oui; tu vois en moi la fée Candide. Je vins en ces lieux, il y a de cela quatre jours, dans l'intention de détruire le pouvoir d'un maudit enchanteur dont le palais est situé à plus de deux mille mètres au-dessous de ce rocher. Ayant eu le malheur de rencontrer ce vilain génie dans la forêt, j'essayai vainement de me dérober à ses regards, en prenant la forme d'une chèvre. Le méchant m'avait reconnue d'abord, et, profitant de ma métamorphose, il me prit, m'attacha sur ce rocher, où j'aurais souffert toutes les horreurs de la faim, sans pouvoir mourir ; mais, grâce à toi, bon jeune homme, me voici libre et désenchantée. Le premier usage que je veux faire de ma liberté, c'est de te prouver ma reconnaissance. Tu n'es pas riche, je le sais ; veux-tu le devenir ?

— Grand merci, Madame, répondit Jacques ; j'ai ouï dire à mon père qu'il avait eu de grandes richesses, il est pourtant mort bûcheron. Il m'avouait souvent qu'il se serait estimé heureux s'il ne se fût jamais souvenu d'avoir été riche. Ainsi donc je ne désirerai pas de fortune ; que je voie seulement ma mère heureuse dans notre état de médiocrité, et cela me suffira.

— Tu es bien désintéressé, reprit la

1.

fée ; si tu joignais la science à tant de sagesse, tu serais, à n'en point douter, un homme fort rare ; eh bien ! veux-tu être savant?

— Je ne m'en soucie pas non plus; j'ai vécu jusqu'à présent sans rien savoir ; je vivrai bien encore de même, s'il plaît au ciel.

— Ah ! ah ! reprit la fée en fronçant le sourcil, voilà qui détruit la bonne opinion que j'avais conçue de toi ; c'est montrer aussi par trop d'insouciance. Au reste, tu m'as rendu un service trop signalé pour que je renonce à te récompenser ; il ne me reste plus qu'une chose à t'accorder : c'est le don de changer de forme autant que tu désireras.

— Quoi ! je pourrais, à ma volonté, me métamorphoser soit en oiseau, soit en poisson ; c'est fort drôle, assurément. Pour la rareté du fait, j'accepte ce don ; il me semble que j'aurais bien du plaisir à revêtir, à mon gré, toutes les formes imaginables.

— Oui, mais prends-y bien garde : je te fais là un présent fort dangereux, et que mon exemple te serve de leçon. Tu n'as pas encore acquis d'expérience, tu dédaignes la science qui pourrait en quelque sorte t'en tenir lieu. Je crains fort que ce don ne te soit plus funeste qu'utile. Aussi bien, je t'accorde huit jours pour en essayer; tu pourras, après ce délai, revenir à la science, si tu le juges convenable; sois donc Protée dès ce moment; adieu. »

En achevant ces mots, la fée Candide se plaça sur un nuage qui se balançait près du rocher, et disparut.

Dès que Jacques se vit une fois seul, il voulut faire l'essai du pouvoir que venait de lui conférer la fée. Il se mit à couper une grande quantité de bois, et souhaita de devenir mulet pour l'emporter; son vœu fut exaucé.

Lorsqu'il approcha de la cabane de sa mère, celle-ci, le prenant pour une bête de somme égarée, voulut le remettre dans son chemin, mais Jacques reprit aussitôt sa forme naturelle, au grand étonnement de la bonne femme, et il lui raconta bientôt tout ce qui venait de lui arriver. Tous deux passèrent le reste de la journée à réfléchir sur cette aventure si extraordinaire, et plus encore sur le parti qu'ils en pourraient tirer.

Le lendemain, Jacques se leva de grand matin, et alla souhaiter le bonjour à sa mère : — Ma mère, lui dit-il, j'ai réfléchi toute la nuit à ce que je pourrais faire pour vous rendre heureuse. Sans désirer d'être bien riche, j'ai pensé néanmoins qu'un peu d'argent ne nous serait pas nuisible.

Voici l'idée qui m'est venue : plutôt que de passer mon temps à couper du bois, je vais aller à la cour; j'y offrirai

mes services au roi, qui ne les refusera
pas. Si peu qu'il me les paie, je vous
rapporterai cet argent; nous en aurons
toujours assez pour nous procurer le né-
cessaire.

— Quoi! tu voudrais me quitter, mon
pauvre Jacques? répondit la bonne
femme.

— Ne vous chagrinez point, mère, je
ne serai pas longtemps absent. Pour peu
que j'aie la fantaisie de me changer en
oiseau, vous concevez que j'irai vite,
bien vite, et que personne ne pourra
me suivre.

— Je le crois; mais, mon garçon,
es-tu bien sûr de réussir, pour t'en aller
ainsi?

— Je le crois, mère; le roi n'aura jamais eu à ses ordres d'hommes de mon
espèce; il n'y a pas de doute qu'il devra
être bien content. La fée m'a d'ailleurs
accordé huit jours de réflexion; et ce
n'est pas ici que je puis apprendre ce

qui vaut le mieux, ou de ce qu'elle m'a donné, ou de la science que j'ai refusée.

Bref, Jacques parvint à décider sa mère; il se changea aussitôt en hirondelle, et partit; une heure après, il était dans la capitale; là, il reprit sa face humaine, et s'achemina vers le palais du roi. Mais il était encore trop matin, et la sentinelle ne voulut pas le laisser entrer. Que fit Jacques? il se changea en souris, et pénétra de la sorte dans l'intérieur des appartements.

Comme il traversait, sans être aperçu, une galerie qui conduisait à la chambre à coucher du roi, il fut rencontré par un gros chat; il ne s'était pas attendu à pareil tête-à-tête : ce qui l'obligea de chercher un trou pour s'y réfugier.

Le pauvre Jacques y serait bien demeuré tout une journée, car le maudit chat ne paraissait pas disposé du tout à lui livrer passage. Jacques était d'autant

plus affligé de cette espèce d'arrêts forcés, qu'il n'avait pas pris le temps de
déjeuner en quittant sa mère.

Fort heureusement, le roi vint à passer, suivi de ses seigneurs; et le chat
effrayé s'enfuit à l'aspect de cette foule
de courtisans.

Jacques se voyant délivré de son ennemi, quitta son trou, reprit sa forme de
bûcheron, et s'avança vers le roi, non
sans avoir essuyé beaucoup de mauvais
traitements de la part des courtisans, qui
voulaient le faire chasser ou l'empri-
sonner.

— Laissez ce jeune homme, dit le roi,
je veux l'entendre; que désires-tu, mon
enfant?

— Sire, répondit Jacques, je puis vous
être fort utile, et je viens vous offrir
mes services.

— Fort utile! comment cela? Serais-
tu donc mathématicien ou bon tacticien;

voilà les hommes dont j'ai besoin pour mon armée.

— Sire, je suis bûcheron, pas davantage.

— A d'autres ; j'ai des sapeurs plus qu'il ne m'en faut.

— Mais, sire, ne m'avez-vous pas vu sortir de ce trou de souris? J'ai, grâce à la protection d'une grande fée, la faculté de prendre toutes les formes que je désire.

Sur ce, Jacques redevint souris, puis reprit sa forme primitive.

— En effet, dit alors le roi en se ravisant, je vois que tu peux m'être d'une assez grande utilité : c'est un don fort singulier que tu possèdes là. Tu vas aller, de ma part, pour trouver le prince mon frère ; il est sur la frontière ; il y commande mes troupes. Si tu remplis ta mission avec intelligence, ta fortune est faite ; en attendant, prends cette bourse :

voici tes dépêches, et pars le plus tôt possible.

Jacques pria le roi de faire ouvrir les fenêtres, et il s'envola aux yeux de toute la cour, sous la forme d'un gros oiseau, laissant tous les spectateurs émerveillés de ce nouveau prodige. Il ne voulut pas se rendre à la frontière sans avoir embrassé sa bonne mère, à laquelle il laissa la bourse du roi; après avoir pris un peu de nourriture, il se mit tout de suite en route pour le quartier-général, où il arriva en peu d'instants.

Le prince n'eut pas plus tôt examiné les lettres de crédit de Jacques, qu'il lui donna des ordres à porter à l'un de ses généraux qui commandait une place assiégée par les ennemis; et Jacques repartit fort content des promesses que lui fit, à son tour, le prince.

Tout en marchant il approcha d'une grande rivière, dont les bords étaient occupés par les deux partis. Quelques coups de fusil, que les postes avancés échangeaient entre eux, firent craindre à Jacques de se trouver blessé, ou même d'être tué, s'il se changeait en oiseau. Il prit donc, par prudence, la forme d'un poisson, et se mit à traverser la rivière. Mais, entraîné par la rapidité du courant plus loin qu'il ne voulait, il finit, en abordant, par donner dans des filets qu'un pêcheur avait tendus.

Il demeura ainsi prisonnier jusqu'au lendemain, que le pêcheur vint à la pointe du jour lever ses filets. Jacques fut, avec les autres poissons, mis dans une espèce de baquet, et conduit à terre. Mais à peine le pêcheur quittait son bateau que Jacques, pour se venger de ce brutal et de ses filets, se métamorphosa en superbe cheval, et délivra ses pauvres compagnons d'infortune, en renversant le baquet d'un coup de son sabot; après cette belle œuvre, il s'en-

fuit au grand galop à travers le camp
ennemi ; des soldats, qui virent un cheval si beau, si bien fait, conçurent l'i-
dée de s'en emparer ; ils l'entourèrent
donc avant qu'il eût le temps de soup-
çonner leur complot, s'en saisirent, le
menèrent à leur général, qui les récom-
pensa largement, et fit conduire le fou-
gueux animal dans ses écuries.

— Fâcheux contre-temps, s'écria Jacques, dès qu'il se vit bien et dûment
enfermé ; je m'en aperçois, tout n'est
pas plaisir au service des princes. Il
faut cependant bien que je sorte d'ici :
quittons mon métier de quadrupède et
partons.

Jacques ouvre la porte et se dispose
à sortir : « Halte-là ! lui crie un soldat
qui faisait sentinelle devant les écuries ;
où vas-tu ? qui es-tu ?

— Je suis un bûcheron malheureux,
répond Jacques tout tremblant, car il
n'avait pas prévu, le pauvre diable,

qu'une sentinelle allait se trouver là tout
exprès pour l'arrêter. Mais le soldat ne
voulut pas entendre raison et mena Jacques à son capitaine ; celui-ci le fit à son
tour traîner en prison. Une heure après
on vint dire à Jacques qu'il allait être
pendu, d'abord comme un espion, ensuite comme voleur, pour avoir dérobé
un cheval au général.

— Ah ! ah ! se dit tout bas Jacques,
tout ceci commence furieusement à
m'ennuyer ; au reste, les imbéciles ne
me tiennent pas encore pour me pendre :
changeons-nous vite en oiseau. Il commence par brûler ses dépêches, que sa
nouvelle métamorphose n'allait plus lui
permettre d'emporter ; puis il se change
en petit roitelet et s'envole au travers
des barreaux serrés de sa prison. « Pour
cette fois, dit-il, dès qu'il se vit en liberté, bien fin qui m'y rattrapera ; je ne
me mêle plus des affaires de cour, il y
a là plus à perdre qu'à gagner. Je vais

retourner près de ma mère et ne plus la quitter. »

Le pauvre Jacques n'était pas encore au bout de ses peines.

Il approchait déjà de son pays ; déjà même, à vol d'oiseau, il découvrait ses bien-aimées forêts, quand un épervier glouton vint fondre sur lui.

Jacques eut beau redoubler d'efforts pour gagner un buisson voisin, il ne volait pas aussi vite que l'oiseau meurtrier. Celui-ci était donc prêt à saisir sa proie.

Jacques, saisi d'effroi, voit la mort terrible qui le menace, il n'a pas même le moment de la réflexion ; il souhaite imprudemment de redevenir homme sur-le-champ, pour tordre le cou à ce méchant épervier. Le malheureux ! à peine il a formé ce souhait, qu'il perd ses plumes et ses ailes, et tombe soudain à terre, mais si lourdement, qu'il se casse une jambe.

Le voilà gisant sur le grand chemin, et poussant des cris lamentables, lorsqu'une dame passe près de lui : « Ma bonne dame, lui dit-il, ayez pitié de ma souffrance, aidez-moi, je vous supplie, à regagner la maison de ma mère.

— Très volontiers, répond la dame, je vais te secourir; marche maintenant, tu le peux. »

En effet, l'inconnue n'eut pas plus tôt achevé ces paroles, que Jacques ne ressentit plus de douleurs; il boîtait encore, voilà tout.

La fée Candide, car c'était elle, prit le bras de Jacques et l'accompagna. « Eh bien! mon pauvre Jacques, lui dit-elle tout en marchant, tu n'as donc pas fait fortune avec toutes tes métamorphoses?

— Ah! Madame, il y a loin de la fortune à tout ce que j'ai souffert. Mais, puisque c'est vous-même qui avez eu la bonté de me l'offrir, veuillez reprendre le don funeste que vous m'avez fait ; je crois que vous aviez raison de préférer la science. Quant à moi, je l'aimerai beaucoup mieux, si l'on ne s'y casse pas les jambes, et si l'on n'y risque pas d'être pendu.

— Eh ! quelle science encore veux-tu posséder ? Est-ce la géographie, l'astronomie, la médecine, la...

— La médecine, Madame ; avec cette science, je pourrai du moins guérir ma mère quand elle sera malade.

— Allons, soit, tu seras médecin, c'est-à-dire que je te donne la faculté d'apprendre tout ce que tu voudras, en rapport aux sciences médicales. Le reste dépendra de ta bonne volonté. »

Tout en causant, la fée conduisit notre nouveau médecin chez sa mère ; mais, ô surprise ! Jacques ne retrouve plus sa chétive cabane ; elle avait fait place à une maison agréable, richement meublée, et dans laquelle se trouvait une bibliothèque nombreuse et bien choisie. La fée y avait joint également deux jardins, l'un desquels était destiné à la botanique.

A la vue de tant de prodiges, Jacques demeurait stupéfait d'étonnement; il sentait en même temps que son esprit, plus dégagé et plus subtil, n'était plus celui d'un bûcheron.

Plein de reconnaissance, il veut se jeter aux pieds de sa protectrice ; mais la fée avait disparu, et il n'entendit plus qu'une voix douce qui lui dit :

« Travaille, Jacques, travaille, et tu reconnaîtras que le savoir est le plus grand des biens. »

Jacques travailla, en effet, avec tant d'aptitude et d'application, qu'il devint, en peu de temps, un homme d'un talent supérieur.

Il fit de si belles cures, il opéra des guérisons tellement inespérées, que, sur le bruit de sa renommée, le roi fit enfin de lui son premier médecin.

LE SOLDAT INVISIBLE.

Il était une fois, dans un petit village, un bon fermier et sa femme, qui vivaient heureux dans leur obscurité, parce qu'ils savaient se contenter des bienfaits que leur avait accordés la Providence : je veux dire la santé et l'amour du travail.

Ces bonnes gens avaient deux enfants, un garçon et une fille. Frédérik, vrai modèle de piété filiale, âgé de douze ans à peine, secondait déjà son père dans les travaux de la ferme avec une activité surprenante. Toujours gai et content, il était à chaque instant prêt à rendre service. Si quelque voyageur égaré s'adressait à lui, il ne manquait jamais de lui servir de guide et ne le quittait pas qu'il ne l'eût remis sur la route.

Quant à Marie, moins âgée que son frère de deux ans, elle partageait avec sa mère les soins du ménage, et enchantait par sa douceur et sa modestie tous ceux qui la connaissaient.

Le bon fermier et sa femme rendaient tous les jours grâce au ciel de leur avoir donné de si charmants enfants ; rien ne manquait à leur bonheur. Le soir, après les pénibles travaux de la journée, la petite famille se groupait au coin du feu ; la bonne mère racontait alors à ses enfants les très véridiques histoires de Cendrillon, de Peau-d'Ane et de Barbe-Bleue.

Frédéric écoutait ces histoires avec un intérêt de curiosité extraordinaire.

Il eût bien désiré connaître une de ces bonnes fées et s'en attirer la protection ; mais malheureusement, depuis quelque temps elles étaient devenues fort rares.

Hélas ! la félicité dont jouissait cette intéressante famille allait être cruellement troublée. Le roi du pays, ayant une guerre à soutenir contre un de ses voisins qui prétendait lui faire payer un tribut, ordonna des levées de soldats dans toute l'étendue de son royaume, et le pauvre Frédérik fut forcé de partir pour joindre l'armée qui devait bientôt se mettre en marche.

Qu'on juge de l'affliction du bon fermier et de sa femme, quand Frédérik reçut l'ordre qui le forçait à se séparer d'eux. Il fallait cependant prendre son parti. Après bien des larmes de part et d'autre, on se dit enfin l'adieu fatal.

Frédérik se mit en route, chargé d'un bissac que la prévoyance maternelle avait pris soin de bien approvisionner.

Il marchait tristement en songeant au bonheur qu'il fuyait.

Mais, tout en s'abandonnant à des réflexions plus ou moins tristes, Frédérik ne s'apercevait pas que la nuit s'approchait avec une extrême rapidité; et il marchait encore, et il avait à traverser, avant de trouver un gîte, une forêt infestée de brigands. Il courait infailliblement les plus grands dangers, s'il la traversait la nuit. Sortant enfin de sa rêverie, il se mit à doubler de vitesse pour échapper au péril qu'il n'avait que trop raison de redouter. Il avait gagné déjà la lisière de la forêt, lorsqu'il aperçut, à quelque distance, une vieille femme, étendue sans connaissance. « Que vais-je faire! se dit-il alors : si je m'arrête un seul instant, la nuit va tomber tout-à-fait, et si je me trouve attaqué par des brigands, je suis perdu. D'un autre côté, je ne puis abandonner ainsi cette malheureuse femme sans lui prodiguer des secours; allons, allons, il faut l'assister; il en adviendra ce qui pourra. »

En disant ces mots, Frédérik court a la pauvre femme, et se dispose à la rappeler à la vie; mais, ô prodige!... il l'avait touchée à peine, qu'il voit tout-à-coup paraître à sa place une noble dame couverte de pierreries. A cet aspect, il croit reconnaître une fée, et s'incline profondément; mais la fée (car c'en était une), lui faisant signe de se relever, lui dit avec bonté : « Frédérik, j'ai voulu éprouver votre cœur, je l'ai trouvé tel que je le désirais. Votre conduite ne peut pas rester sans récompense; faites un souhait, je l'accomplirai sur-le-champ.

— Oh! madame la fée, répondit Frédérik tout hors de lui,. puisque vous avez la bonté de vouloir bien vous intéresser à moi, je souhaiterais que vous pussiez me rendre invisible à ma volonté. Ce don me serait d'autant plus utile, qu'il m'offrirait, je crois, le seul moyen d'échapper aux brigands qui infestent cette forêt.

— Eh bien ! soit, je vous accorde ce don que vous paraissez désirer si ardemment ; je suis persuadée d'avance que vous n'en ferez pas un mauvais usage. Vous serez visible ou invisible, selon votre simple volonté. Adieu, souvenez-vous toujours de votre amie, la fée Bénigne. »

Frédérik, après avoir, comme on le peut penser, bien remercié cette bonne fée Bénigne, se remit gaîment en chemin ; il ne craignait plus maintenant les voleurs.

Une fois sorti de la forêt, Frédérik passa la nuit dans une hôtellerie qui n'était pas loin de là ; et, dès le lendemain, il rejoignit l'armée.

Frédérik s'attacha surtout, en arrivant, à se faire estimer de ses chefs et aimer de ses camarades. Il y parvint; sa douceur et son bon caractère lui gagnèrent tous les cœurs.

Quelques jours après on livra une bataille sanglante; Frédérik s'y distingua par des traits de courage qui donnèrent de lui la plus haute opinion.

Il faisait quelquefois usage du don de la bonne fée Bénigne; mais ce n'était que pour échapper aux ennemis, lorsqu'il lui arrivait d'être surpris par eux dans ses promenades hors du camp. Tout le monde ignorait qu'il possédât un don si précieux.

Cependant on se livrait, depuis quelque temps, des combats de part et d'autre, et ils n'amenaient rien de décisif. L'armée faisait le siége d'une ville dont la prise eût décidé immédiatement le succès de la campagne. Or, non-seulement cette ville était puissamment fortifiée, mais elle était encore défendue par toute l'élite de l'armée ennemie. Si le

général avait pu être instruit de la posi-
tion intérieure de la ville, s'il eût connu
le côté faible par lequel il devait attaquer, sans aucun doute il n'eût pas hé-
sité un seul instant ; mais il ne trouvait
parmi ses espions personne d'assez cou-
rageux pour tenter de s'en assurer par
ses propres yeux, car sa mort eût été
certaine. Il était dans cet état de per-
plexité, quand Frédérik lui vint deman-
der d'aller lui-même reconnaître les for-
tifications de la ville.

Le général, qui ne se dissimulait pas
toutes les difficultés de cette tentative,
et y regardait à deux fois pour sacrifier
un si brave soldat, voulut d'abord le
dissuader de ce dessein ; mais Frédérik
le pria avec tant d'instance, il l'assura
si bien qu'il connaissait un moyen de
s'introduire dans la ville sans danger,
qu'il obtint enfin la permission de partir.

Quant on sut, dans le camp, le péril
auquel Frédérik allait volontairement

s'exposer, on ne put assez admirer son courage. Tous ses camarades l'embrassèrent en pleurant, car ils croyaient ne plus jamais le revoir.

Frédérik était, de son côté, bien loin d'avoir la moindre inquiétude ; or, il se mit gaîment en marche ; une fois à portée du camp ennemi, il souhaita d'être invisible ; et dès-lors il le traversa aussi tranquillement que s'il eût été dans le sien ; et ceux auprès desquels il passait ne se doutaient point qu'ils eussent au milieu d'eux l'un des plus braves soldats de l'armée ennemie.

Arrivé aux portes de la ville, Frédérik s'y introduisit le plus facilement du monde et se mit à examiner à son aise tout ce qu'il avait envie de voir. Il découvrit enfin un côté si faible qu'on le pouvait attaquer en toute sûreté, et que la prise de la place devenait infaillible.

Enchanté de cette découverte, il se proposait de parcourir divers quartiers

de la ville, quand il vit une grande
foule se porter sur la place publique;
il la suivit pour voir ce dont il s'agissait.

Arrivé sur cette place avec le peuple,
un spectacle bien affligeant s'offrit à ses
regards; on allait brûler impitoya-
blement, comme prisonniers de guerre,
deux soldats de ses compatriotes. A cet
aspect, la pitié se fait vivement sentir
dans son cœur. Il se décide à tout entre-
prendre pour les secourir. Il se jette
donc, le sabre à la main, et toujours invisible, au milieu des soldats qui envi-
ronnent le bûcher; ceux-ci, étrangement
surpris, tout en ne voyant personne, de
recevoir des coups d'estoc et de taille
qui pleuvaient sur leur dos comme la
grêle, se culbutent les uns sur les autres.
Frédérik profite de ce moment de confu-
sion, vole au bûcher, coupe les liens
qui garrottaient les malheureux prisonniers; ces derniers se sentent délivrés

par enchantement; une main les conduit, et cette main est pour eux invisible.

Les prisonniers, profitant de la terreur générale, sont assez heureux pour parvenir à sortir de la ville.

Frédérik, fort content d'avoir délivré ses deux camarades, retourne auprès de son général et lui rend compte de sa découverte. Celui-ci fut bien surpris de revoir ce brave jeune homme, car lui et toute l'armée le croyaient mort. Le lendemain, il ordonna l'assaut, la place fut emportée après un combat sanglant, et les ennemis furent forcés de se soumettre à la loi du vainqueur.

La prise de cette ville mettait fin à la guerre; Frédérik, à qui toute l'armée reconnaissait être redevable de cet heureux résultat, reçut de lui les marques les plus éclatantes d'estime et d'amitié. Le monarque voulut le faire rester à la cour, mais Frédérik préférait une heureuse médiocrité à tous les honneurs qui lui étaient offerts; il demanda donc à retourner auprès de ses chers parents. Le roi y consentit, mais au moins voulut-il changer l'humble chaumière du bon fermier en une belle maison de plaisance, où quelquefois il venait se délasser des soins pénibles de la royauté.

Frédérik, qui devait tout son bonheur à la fée Bénigne, vécut constamment heureux au sein de sa famille. Il charma par sa piété les vieux ans de son père et de sa mère. Une fois de retour dans ses foyers, il ne sentait plus le besoin de se rendre invisible que lorsqu'il s'agissait de faire le bien.